Ana Lázaro

OS PESCADORES DE NUVENS

ILUSTRAÇÕES **Sebastião Peixoto**

A casa do avô ficava no topo de uma montanha íngreme e alta. Para chegar lá, Rodolfo tinha de dar muitas voltas nos pedais da bicicleta. E subir… durante muito tempo. A casa do avô era a única no topo da montanha. Aqui embaixo, as outras casas estavam muito juntinhas umas das outras, tinham vasos de flores nas portas, gatos em cima dos muros, senhoras sorridentes sentadas à janela e paredes brancas com listras azuis. A casa do avô estava sozinha lá em cima e nunca tinha a mesma cor. Por estar tão perto do Sol, era como se os raios usassem as paredes da casa para fazer uma pintura. Pela manhã, a casa era de um amarelo luminoso, mas durante o dia as paredes cobriam-se de um tom alaranjado, que se transformava em dourado ao final da tarde… Quando o Sol se punha, as paredes da casa se tornavam cor-de-rosa – caso fosse primavera ou verão, e se pintavam de lilás no outono e no inverno. Com o cair da noite, as paredes se tingiam de prata e refletiam a cor do luar.

A casa do avô era, por assim dizer, mágica! E não era só porque mudava de cor. Não. Mas porque dentro da casa havia uma mão cheia de mistérios e coisas estranhas que não se encontravam nas outras casas. Para começar, logo na entrada havia um enorme portão verde e reluzente onde o avô tinha atado dezenas de cata-ventos coloridos. Os cata-ventos giravam ao mais suave sopro de ar e sempre que alguém abria o portão eles desatavam a rodopiar como pequenas bailarinas. Diante do portão ficava um enorme quintal que se estendia até a casa. No quintal havia o canteiro das flores exóticas, onde estava plantado o abacateiro musical. O abacateiro musical era mais do que uma simples árvore que dava deliciosos abacates. Nos ramos do abacateiro o avô tinha pendurado vários tubos de ferro de diferentes tamanhos e a árvore era uma espécie de xilofone gigante que se podia tocar com todas as partes do corpo. Quando havia muito vento, os ferros do xilofone se abanavam agitados e o abacateiro soltava milhares de sons e ritmos, que criavam as mais extraordinárias melodias! Ao lado do canteiro havia também um pequeno estrado de madeira com taças e bacias cheias de água, colheres de pau amarradas aos pares e inclinadas em cima de copos, e pequenos carrocéis em miniatura feitos de arame, rolhas, tampas de garrafas e fios de pesca. A esse espaço o avô chamava "parque de diversões para mosquitos, grilos, pirilampos e outros animais pequenos". E no fundo do jardim havia ainda um banquinho de engraxar sapatos de pessoas (porque o avô sabia fazer os sapatos brilharem), onde o avô guardava uma enorme lata de graxa do tamanho de um balde, com o desenho de um elefante amarelo. A lata, dizia

o avô, servia para engraxar unhas de elefante – e, ainda que a mãe de Rodolfo garantisse que não havia elefantes nas redondezas, o avô insistia em ter a lata à mão por nunca saber quando é que um elefante poderia aparecer para uma visita.

Era assim a casa do avô, e Rodolfo adorava aquela casa. Para ele, aquele era o lugar mais incrível que conhecia, e talvez por isso não passava um fim de semana em que não pegasse na sua bicicleta para subir a encosta até o topo da montanha. Todas as manhãs de domingo antes de o Sol espreitar sobre as nuvens Rodolfo já estava de pé entre os lençóis, a saltar da cama com os olhos embaçados. E, mesmo que o sono ainda insistisse em colar as pálpebras às pestanas, ele bebia uma caneca de leite e mordiscava apressado um pedaço de pão, ansioso para pôr a mochila às costas e pedalar até a casa do avô.

– Olha, lá vai o pequeno Rodolfo! – cumprimentavam as senhoras das casas brancas com listras azuis, de rostos sorridentes, com os cabelos cheios de rolinhos coloridos espreitando à janela! – Vai se encontrar com o Rodolfo-Careca? – enquanto o rapaz acenava com a cabeça. Achava engraçado ter o mesmo nome do avô. Por terem o mesmo nome, as pessoas chamavam-no de Rodolfo-Neto, ou pequeno Rodolfo, e às vezes Rodolfinho – coisa de que ele não gostava nem um pouco. Chamavam o avô de o Rodolfo-Avô, o Rodolfo-Graxas (porque o avô tinha sido engraxate durante muitos anos) e às vezes por brincadeira (e também porque ele não tinha cabelo) o Rodolfo-Careca! E depois sorriam… Toda a gente sorria quando falava do avô. Devia ser por ele ser assim tão diferente… E muito, mas só mesmo muito raramente, alguém mais sério lhe chamava: Sr. Rodolfo – coisa de que o avô não gostava nada. Mas entre eles nenhum era Rodolfo: tratavam-se apenas por neto e avô.

Quando chegava ao portão verde não precisava sequer tocar a campainha, pois o avô já estava à sua espera, à porta, com a boina na cabeça e o saco de pano aos pés, como se conseguisse adivinhar a sua chegada… O rapaz corria para os braços dele e esfregava suas bochechas macias contra a pele enrugada do rosto do avô. A barba do avô fazia cócegas e pinicava muito, e o pequeno Rodolfo arrepiava-se, como quando a língua fica arrepiada por causa das bolhas da água com gás, ou quando tocamos em pêssegos que têm muitos pelos. Mas mesmo assim repetia esse cumprimento. Às vezes, passava as pestanas nas orelhas do avô para lhe fazer cócegas também, e riam juntos desses bons-dias meio malucos. Depois, o neto estacionava a bicicleta ao lado do abacateiro musical e punha a mochila às costas enquanto o avô ajeitava o saco de pano ao ombro. Só então se punham a caminho, prontos para o passeio matinal. Nem precisavam falar… Sabiam exatamente para onde iam.

Para os dois, essa era a parte mais importante da semana. Faziam aquela caminhada todos os domingos, seguindo de mãos dadas pela estrada que traçava a montanha: a mão pequena de Rodolfo ficava muito aconchegada dentro da mão quente e grande do avô, e as pontas dos seus dedos minúsculos de criança pareciam pássaros espreitando um ninho. Enquanto seguiam pelo trilho da montanha, olhavam lá em baixo a cidade que acordava: viam os carros fazendo zigue-zagues pela

estrada fora, como se fossem carrinhos em uma pista de brinquedo; viam as pessoas que pareciam formigas vestidas com roupas coloridas; viam os prédios altos do tamanho de caixas de fósforos com as antenas do tamanho de canudinhos de suco. Depois, enquanto eles subiam mais e mais, o caminho ia ficando cada vez mais íngreme. Subiram até já não conseguirem ver as pessoas lá em baixo e os carros e os prédios desaparecerem completamente entre a vegetação.

Subiam tão alto na montanha que podiam ouvir o vento conversando entre as folhas das árvores e os pássaros pousando nas pequenas poças de água entre as pedras. E respiravam cheiro fresco da manhã. Só nesse momento é que paravam. Então, o avô abria finalmente o saco de pano que trazia aos ombros, enquanto olhavam um para o outro, em silêncio...

É que... entre os dois, entre o Rodolfo-Avô e o Rodolfo-Neto, estava guardado um segredo. Um segredo que escondiam nos lugares onde se arrumam os segredos mais especiais: no cantinho dos olhos quando olhavam um para o outro, na ponta dos lábios quando sorriam, nas palavras que, em vez de saírem pela boca, ficavam guardadas no pensamento. Dentro do saco de pano que o avô trazia todas as manhãs estava uma pipa* pronta para se lançar no ar. Mas claro que a pipa não era uma pipa qualquer. Era uma pipa de papel feita pelas mãos mágicas do avô. Tinha tantas cores quanto é possível imaginar e era tão leve que balançava com o mais ligeiro sopro de ar. Quando o

---

* Variações regionais: quadrado, pandorga, papagaio, arraia, casqueta, coruja, cafifa, cação, entre outras.

avô retirava a pipa do saco, o pequeno Rodolfo tinha mesmo de segurá-la muito bem com as duas mãos para ela não fugir. Então o avô pegava a linha que trazia no bolso: com uma ponta dela fazia um nó, atando-a à pipa, e com a outra ponta fazia um laço que a atava ao dedo do neto. E o segredo que traziam estava precisamente naquele movimento... Aquilo que só eles dois sabiam, e mais ninguém: é que o avô era um... Pescador de Nuvens! Naquelas manhãs em que subiam juntos a montanha de mãos dadas para empinar a pipa, o avô Rodolfo e o Rodolfo-Neto iam na verdade à pesca de nuvens!

Um dia, quando Rodolfo era pequenino, o avô tinha lhe dado um presente de aniversário. Contudo, ao abrir o embrulho o rapaz reparara desiludido que lá dentro estava apenas um pedaço de papel amarrotado! Mas, antes que o neto tivesse sequer tempo de se entristecer, o avô piscava-lhe o olho e com suas mãos mágicas punha-se de imediato a modelar o papel com vincos e dobras, enquanto sorria para o neto que o olhava intrigado... A cara do avô também estava cheia de vincos e dobras! Sobretudo quando sorria. Quanto mais vincos ia fazendo no papel, mais contente sorria e mais dobras e pregas ficavam marcadas à volta da sua boca e dos seus olhos de avô. Quando terminou de dobrar o papel, o avô levantou-o sobre a cabeça de Rodolfo e disse:

– Isso é uma pipa de papel! Para estar completa só precisamos de uma linha!

Então, Rodolfo podia jurar que tinha visto o avô puxar uma das muitas linhas do seu rosto e atar essa linha à pipa... Depois, sem ninguém mais ouvir, o avô sussurrou baixinho:

– Essa pipa serve para pescar…

Sempre que Rodolfo pedia ao avô que repetisse o truque da linha, o avô sorria e explicava que não podia fazer isso repetidamente: dizia que tinha muitas linhas desenhadas em seu rosto, porque cada vez que lançava a pipa à pesca de nuvens gravava-se uma linha na sua pele. Como lançava a pipa todos os domingos, tinha já centenas de linhas e vincos cravados nas bochechas, na testa e nas mãos. O avô dizia que cada linha tinha uma história e cada história carregava muitos caminhos lá dentro, e portanto a cara do avô era um mapa de histórias infinitas. Um dia, Rodolfo queria ter linhas na cara, como o avô.

Quando recebera o presente, Rodolfo ainda era muito pequeno para entender o que o avô queria dizer com "ir à pesca"… Mas, assim que cresceu o suficiente para andar de bicicleta sem rodinhas e pedalar sozinho até a casa do avô, pôde finalmente aprender a pescar…

Com a ponta da linha atada no dedo, Rodolfo subia a cavalo no ombro do avô. Depois o avô tomava fôlego, dava corda nos joelhos e acelerava os passos para ganhar balanço enquanto Rodolfo se empoleirava nos seus ombros para soltar a pipa. Pouco a pouco, o papel fino da pipa começava a engolir ar e a subir em direção ao céu. Sentado nos ombros do avô, Rodolfo guiava o voo da pipa no ar enquanto o avô ia desenrolando a linha devagarinho. Às vezes, parecia mesmo que a linha da pipa nunca mais acabava. Nessas ocasiões, o neto pensava se o avô não estaria outra vez pondo em prática o truque da linha, fazendo crescer o fio com o qual empinava a pipa. A linha era tão comprida que a pipa dava uma volta inteira sobre o cume da montanha, mergulhava até tocar nos telhados dos prédios da cidade e girava de novo em direção ao céu para subir por entre as nuvens... Rodolfo apoiava-se na cabeça do avô e esticava o pescoço para olhar para cima e ver para onde voava a pipa, que ficava cada vez mais longe lá no alto. Adorava estar a cavalo nos ombros do avô: dali podia ver as copas das árvores e sentia que era tão grande quanto um gigante feroz em cima de uma torre de um enorme castelo. Às vezes divertia-se, apanhando a boina do avô. A careca do avô era tão cintilante que quase parecia que ele a tinha engraxado com a sua lata de graxa e Rodolfo procurava ver o reflexo do seu rosto, tal como quando lavava os dentes diante do espelho de manhã. Depois, o avô coçava a cabeça e dizia:

– Vá lá... Deixa de maluquices – e punha a boina de volta na cabeça. Mas ambos sabiam que, apesar de dizer isso, o avô estava sorrindo e não se importava que ele se visse refletido na sua cabeça.

Assim que o pequeno Rodolfo sentia um puxão no dedo porque a linha estava já toda esticada, gritava:

– Já está no céu! – e o avô ajudava-o a descer dos seus ombros. Olhavam os dois para cima e viam a linha da pipa muito longa entrando pelo céu adentro. Então, sentavam-se à espera como fazem os pescadores. Esperavam que a pipa mergulhada no céu agarrasse pedacinhos das nuvens entre as dobras especiais do papel para as trazer aqui para baixo.

O avô e o neto conduziam e manobravam a linha com muito cuidado e o avô explicava os truques e os movimentos adequados para a navegação nos vários tipos de nuvens. Quando o inverno era muito

frio, tinham de ser muito cautelosos para que a pipa não rasgasse com um pedacinho de gelo e quando estava muito calor deviam ter cuidado para que o papel não se queimasse. Além do mais, tinham de estar sempre atentos, pois não queriam enfiar a pipa por acidente dentro do bico de um pássaro desprevenido, que podia se engasgar. E muito menos desejavam deixá-la se enrolar à volta da asa de um avião que a puxasse, levando-a sem querer para outro país.

Ao final de umas horas, quando o Sol já estava mais alto e sentiam que a pipa ficava pesada, puxavam-na de volta para a terra. Era preciso força para tirá-la lá de cima e usavam as quatro mãos, pois já vinha carregada. Tinham de ser muito cuidadosos para não deixar cair nenhum pedacinho de nuvem. Enquanto o avô enrolava a linha de volta, o pequeno Rodolfo tirava o frasquinho de vidro vazio que trazia na mochila. Pegavam na pipa e com todo o cuidado entornavam os pedacinhos de nuvens para dentro do frasquinho. Depois fechavam o frasco e enrolavam-no dentro de um pano para que ele não quebrasse. Finalmente desciam alegres, encosta abaixo, de volta à casa do avô.

Se no quintal da casa do avô tudo parecia mágico, então dentro da casa o mundo ganhava uma nova dimensão. Na verdade, raramente ali entravam outras pessoas, porque durante a semana o avô gostava era de estar do lado de fora, ocupado com seu jardim, misturando sementes de árvores e flores para inventar novos frutos e plantas para seu canteiro. Já tinha conseguido criar uma árvore que dava nozes com sabor de morango – nascida da união de uma nogueira e um morangueiro; um limoeiro do qual cresciam melancias amarelas – a partir da plantação de sementes de limão-siciliano e melancia; uma horta de tomates azuis – que regava sempre com suco de mirtilo; e uma bananeira com bananas de baunilha ... neste caso, o avô tinha plantado a bananeira em um monte de migalhas de biscoitos.

Como o avô levava muito tempo regando e cuidando do seu jardim, que despertava a curiosidade e a alegria de quem por ali passava, poucos tinham curiosidade em saber o que se escondia dentro da casa do Rodolfo-Graxas. No entanto, assim que regressavam da pesca, o pequeno Rodolfo entrava pela casa adentro e corria em direção à sala de estar. Claro que a sala de estar do avô não era como a sala dos outros avôs. Definitivamente, não era como a sala do avô-Xavier-Médico-e-pai-do-pai do Rodolfo. A sala do avô Rodolfo não tinha televisão nem quadros nas paredes nem sofá. Não tinha sequer um tapete... O chão da sala do avô era feito de grama! Grama verdadeira, onde se podia andar descalço e onde não fazia mal entornar um copo de água sem querer, porque não sujava nada e até regava a grama! A parede tinha janelas enormes sem cortinas que deixavam a luz entrar, do Sol ou da Lua. E no meio da sala havia um banco com uma manivela que o fazia subir e descer, e se podia ficar muito baixo ou muito alto. E, apesar de não haver móveis, havia um balanço preso ao teto, onde Rodolfo se sentava quando vinha de visita. Pendurados do teto, junto ao balanço, estavam dezenas e dezenas de pipas de todas as formas e feitios. Aliás, o teto da sala era uma espécie de jardim de pipas, de pernas para o ar, onde existiam pipas de várias formas e cores... Umas eram grandes e redondas; outras eram pequeninas e quadradas; algumas

tinham muitas arestas e eram largas e espalhafatosas, enquanto outras eram discretas, estreitas e esguias... Cada pipa era apropriada para certo tipo de nuvem, vento, temperatura e condições atmosféricas. De manhã, antes da chegada de Rodolfo, o avô espreitava pela janela e coçava a careca pensativo:

– Hoje devíamos usar essa – e então sentava-se no seu banco, girava a manivela para subir e retirava do teto a pipa apropriada para levar.

Mas a divisão favorita do Rodolfo na casa do avô era a Biblioteca de Nuvens, onde o avô guardava todas as nuvens que já tinha pescado. A Biblioteca de Nuvens tinha prateleiras muito compridas, repletas de pequenos frasquinhos de vidro que guardavam pedacinhos de nuvem dentro deles. Eram frascos até perder a conta: recentes e antigos, grandes e pequenos, que continham nuvens de todas as formas e feitios... A coleção do avô tinha nuvens úmidas de dias de chuva, nuvens luminosas de primavera ou de nevoeiro de outono; havia nuvens com fumaça de carros e nuvens que cheiravam a flores selvagens; nuvens de vapor de refeições caseiras que cheiravam deliciosamente a carne de panela; e nuvens saídas de carrinhos de pipocas a estourar. Havia até nuvens vindas de lugares distantes, que tinham percorrido outras partes do mundo! O avô havia pescado nuvens que tinham viajado desde a Nova Zelândia, nuvens geladas vindas da Antártida, nuvens quentes das Caraíbas e nuvens vindas de cidades europeias que cheiravam a perfume de senhora. O avô tinha até um frasquinho com nuvens que tinham sobrevoado a floresta tropical e que ainda traziam mosquitos lá dentro, e nuvens vindas do alto do Tibete que guardavam neve da

China. E depois, claro, havia a prateleira de nuvens exóticas, onde estavam coisas estranhas, como nuvens com espirros de gaivotas; nuvens com fumaça de barcos de piratas do Pacífico; e até nuvens pescadas dentro de orelhas de girafas africanas.

Mas, o mais extraordinário acerca daquelas nuvens, dizia o avô, é que todas elas existiam desde o início dos tempos... Mesmo que só se tivessem formado dois dias atrás, no imenso azul do céu, e se parecessem com um grande pedaço de algodão com formato de dinossauro, as nuvens tinham muitos e muitos anos.

– Mais anos do que você? – perguntara uma vez o pequeno Rodolfo.

– Muito mais! – replicou o avô, dizendo:

– O ar que enche as nuvens está na terra desde o início do mundo.

Por isso Rodolfo sabia que esse segredo que guardavam era precioso e único, e quando desciam a montanha de regresso à sua casa, cheirava com entusiasmo as nuvens à sua volta e sentia que o ar que respirava e lhe enchia o peito era uma espécie de tesouro invisível.

As semanas passavam, domingo após domingo, e Rodolfo repetia a visita à casa do avô.

– Lá vai o Rodolfo-número-dois! – gracejavam as senhoras debruçadas às janelas, sem fazerem ideia de que lá em cima na montanha eles pescavam os mais incríveis pedacinhos de nuvens...

Houve uma manhã, no entanto, quando Rodolfo chegou ao portão do jardim e estranhamente o avô não estava à porta de casa para o receber. Rodolfo ficou intrigado e atravessou o jardim do abacateiro musical para entrar em casa e procurar o avô… Quando empurrou a porta, ouviu sua voz vinda da sala:

– Aqui!

Tirou os sapatos para pôr os pés no chão especial de grama e viu o avô recostado no seu banco com um cobertor em cima dos joelhos. Estava sem boina, tinha um termômetro na boca e uns papinhos redondos debaixo das linhas dos olhos.

– O que se passa? – perguntou o neto.

– Receio que esteja achando que estou um pouco adoentado – respondeu o avô com um sorriso cansado. – Olha, acha que podia ir à pesca por mim desta vez?

O pequeno Rodolfo ficou confuso. Como haveria ele de pescar nuvens sem o avô? Sem ter seus ombros para se elevar ou sem contar com suas mãos sábias para soltarem a linha e para o ajudar a recolher o papagaio pesado e cheio de nuvens? Em todos os anos desde que se lembrava de irem à pesca, o avô não tinha falhado um único dia. Agora, como haveria ele sozinho, um garoto pequeno, de levar a cabo um trabalho tão complicado? O avô, parecendo adivinhar os pensamentos do neto, respondeu-lhe:

– Você já é um rapaz crescido… às vezes até já me custa colocá-lo a cavalo no meu ombro. Tenho certeza de que é capaz de lançar a pipa bem alto e de pescar uma nuvem enorme!

Rodolfo franziu as sobrancelhas para pensar melhor. Não queria desiludir o avô. Além disso, sabia que não havia nada que deixasse o avô mais bem disposto do que um suculento pedaço de nuvem do dia.

Então, naquela manhã, despediu-se do avô com um beijo na testa, calçou os sapatos, ajeitou o saco com a pipa às costas e pôs-se a caminho. Enquanto percorria a pé a encosta da montanha, Rodolfo pôs as mãos nos bolsos para as aquecer. Reparou que o ar arrefecia e que as nuvens no céu iam ficando cada vez mais escuras. Quando chegou ao lugar de onde costumavam lançar a pipa, olhou para cima e viu que as nuvens tinham se tornado muito cinzentas e densas. Pegou a linha que trazia e atou-a à pipa que o avô lhe dera quando era pequeno. Para aquele tipo de nuvem essa lhe parecia a mais apropriada e tinha-a trazido de sua casa nessa mesma manhã para surpreender o avô.

Rodolfo pôs-se então nas pontas dos pés para tentar ficar mais alto e deu umas passadas largas, procurando fazer com que a pipa levantasse voo. Em vão. O papel era demasiado pesado e assim que subia perdia o balanço e caía logo ao chão. Persistente, Rodolfo esticou a linha nas duas mãos com esforço, e desta vez deu um grande salto para tentar manter a pipa no ar. Mas, assim que a soltava, ela voltava logo a tombar sobre a terra. Deu uma corrida rápida e lançou-se desta vez para um salto ainda mais alto, como se tivesse molas nas pernas. Experimentou uma e outra vez. A pipa não subia mais do que alguns centímetros. Furioso, correu a toda a velocidade pelo caminho da montanha, enquanto segurava a ponta da linha e esticava o braço no ar para fazer a pipa voar. Mas nada. A pipa caía de volta nas suas mãos, sem forças para voar. Não havia meio de conseguir que a pipa apanhasse uma lufada de ar e subisse até as nuvens. Quem lhe dera que o avô ali estivesse para ajudá-lo! Para o levantar sobre seus

ombros, para lançar a linha… Para conduzi-la, explicando o movimento certo.

As nuvens começavam a ficar cada vez mais escuras e pesadas. A pipa tombou sobre a terra úmida da montanha e Rodolfo sentou-se em uma pedra ao seu lado sem saber o que fazer. As nuvens eram tão escuras e espessas que bastaria a pipa mergulhar dentro delas por um tantinho para pescar um pedaço de nuvem. Mas sozinho não podia fazê-lo, pois nem sequer conseguia lançar a pipa no ar.

Sentiu um pingo de água nas bochechas, depois outro, foi então que reparou que estava chovendo e que tinha a cara encharcada das gotas de chuva que se misturavam com as gotas que caíam dos seus olhos. Estava ficando frio e o vento começara a soprar. Provavelmente, o melhor a fazer seria voltar para casa, pois assim não apanharia um daqueles resfriados monstruosos e a mãe não se chatearia com ele.

Foi quando, de repente… lhe pareceu ver qualquer coisa se mexendo ao seu lado. Primeiro, pensou que tivesse sido impressão sua, por ter os olhos úmidos e embaçados pela água. Mas depois aconteceu de novo. A pipa que estava pousada na terra se abanando parecia um pequeno pássaro de bico espetado na terra querendo se levantar! Foi então que percebeu. Claro! O avô era mesmo incrível! Se tinha sido ele mesmo quem fizera aquela pipa e lhe dera de presente, então ela só poderia ser especial: era uma pipa mágica! Mesmo sem lhe tocar, a pipa estava se sacudindo como um peixe pequeno que tenta aprender a nadar. Rodolfo levantou-se, precipitou-se para pegar na linha, atou-a à volta do dedo e avançou com passos suaves pela montanha, manobrando-a com todo o cuidado para que não se rompesse, a fim de que a pipa seguisse confiante o voo que precisava aprender. O vento soprava no papel colorido e pouco a pouco a pipa começou a ganhar a forma do ar. Depois, começou a subir lentamente e a voar mais alto, e mais alto, até que Rodolfo sentiu o fio da linha se esticar e, por fim, viu a pipa mergulhar feliz da vida entre as nuvens. Boa! Agora só tinha de esperar um pouco… Assim que sentisse a tensão, devia puxar o fio delicadamente tal como lhe ensinara o avô. Chovia cada vez mais e as nuvens dançavam entre tons de roxo, azul e cinzento. Já não conseguia ver a pipa, mas sentia esticões do outro lado da linha, como se ela estivesse submersa em um mar agitado cheio de ondas e correntes fortes. Estava se formando uma grande tempestade e Rodolfo tinha de se apressar.

Quando percebeu que o papel da pipa estava carregado, puxou a linha com firmeza. Até podia jurar que a marca da linha tinha ficado gravada na palma da sua mão, formando um vinco na pele. E tinha ficado gravada. Aquela linha na mão do Rodolfo-Neto nunca mais desapareceu.

Rodolfo agarrou o papel da pipa com todo o cuidado e inclinou-o sobre o frasquinho de vidro para despejar o tanto de nuvem que tinha pescado. Mas, quando se preparava para despejar o conteúdo, percebeu que dentro da pipa não estava nenhum pedaço de nuvem. As nuvens tinham se desmanchado e tudo o que a pipa agarrara fora água da chuva. E, por ter voado tão alto por entre as nuvens, a pipa também tinha pescado alguns raios de sol. Ao despejá-los para dentro do frasquinho, reparou que a água da chuva se misturava com os raios do sol e juntos formavam um pequeno arco-íris dentro do vidro. Entusiasmado, tampou um frasco com a rolha, ansioso para mostrar ao avô o que tinha conseguido sozinho.

Quando regressou à casa do avô, estava ensopado da cabeça aos pés. O avô estava deitado debaixo de uma manta na cama. Rodolfo tirou os sapatos, enfiou-se debaixo da manta com ele e abriu sua mochila para lhe mostrar o que conseguira! Os olhos do avô brilharam quando ele abriu o frasquinho:

— Ora, aqui está uma raridade! — exclamou o avô. — Em tantos anos de pesca e nunca consegui tal proeza… Como é que você conseguiu? Apanhou um pedacinho de arco-íris!

O neto mal cabia dentro de si de tão animado. Então aquilo era realmente o arco-íris! Desde sempre ouvira histórias que falavam de caçadores aventureiros que partem em busca de um pote de ouro cheio de moedas no final do arco-íris, mas sempre achara que eram histórias inventadas por meninas românticas. Afinal, sem querer, ele trouxera um pedacinho do arco-íris verdadeiro para o avô!

— Olha — disse o avô. — Vou guardá-lo aqui na prateleira de honra. Junto à nuvem de cristais do Polo Norte e ao lado da nuvem com tosse do rei da Holanda! Que presente magnífico! Levantou-se com dificuldade e pousou o frasquinho com o arco-íris junto a outros frasquinhos impecavelmente limpos e cintilantes.

Nessa tarde, Rodolfo despediu-se do avô e desceu a montanha com o peito cheio e sentindo-se um pouquinho mais crescido. Afinal,

já conseguia pescar sozinho e podia até dizer que era um verdadeiro pescador de nuvens.

E, na verdade, nesse dia ele cresceu mesmo um bocado. Quando regressou à casa, a mãe até foi buscar a fita métrica, só para ter a certeza de que os olhos não a enganavam, pois parecia que o filho aumentava de tamanho de um dia para o outro! Rodolfo também se sentia diferente. Era a primeira vez que tinha feito uma coisa tão importante... e sozinho.

Nessa noite, enquanto dormia, Rodolfo sonhou com o avô e com o pedaço de arco-íris que tinha conseguido apanhar. Sonhou que os dois eram detetives pescadores de nuvens e que se deslocavam em um grande barco de papel, que se movia com pedais como a sua bicicleta, e que navegava sobre as nuvens a toda a velocidade, tão rápido como uma lancha a motor. No sonho, ele e o avô usavam óculos de sol especiais que serviam ao mesmo tempo para proteger dos raios do sol e para ver coisas que se encontravam até milhares de quilômetros de distância. Tinham ainda capacetes com lanternas de exploradores e varas de pesca verdadeiras, feitas com os troncos do abacateiro do avô. A dupla Rodolpho & Rodolpho (era esse o nome que tinham no seu sonho) percorria os céus no seu barco de pedais em busca de balões perdidos que tinham voado acidentalmente das mãos de crianças em jardins zoológicos; perseguiam pássaros-batedores-de-carteiras que assaltavam os bolsos de turistas distraídos; e durante a noite até acendiam estrelas que estavam em extinção, com um fósforo profissional de astronauta espacial. Nos intervalos do seu trabalho de investigação, os detetives pescadores atracavam o barco nas janelas dos últimos andares dos prédios mais altos da cidade e comiam refeições esplêndidas, preparadas por senhoras agradecidas que queriam compensá-los pelos seus serviços heroicos. No final da refeição, enquanto o avô dormia uma soneca, ele, Rodolpho-Júnior, sacava seu trunfo final: um ramo de flores de arco-íris que oferecia à bela filha da dona da casa, que lhe retribuía a oferta com um beijo estalado na bochecha:

– Obrigada, Rodolfo…

Rodolfo acordou com uma voz que lhe sussurrava ao ouvido. Quando abriu os olhos, encontrou a cara sorridente do avô, debruçada sobre a sua almofada.

– Vô! Já está melhor! – exclamou.

Mas o avô levou o dedo à boca:

– Shhhh… não queremos acordar ninguém… Vamos, tive uma ideia!

O neto pegou a mão quente do avô e saiu dos lençóis sem sequer reparar que ainda estava de pijama. Quando chegaram à rua viu sua bicicleta que luzia brilhante estacionada em frente à porta.

– Monta! – disse o avô.

O neto sentou-se na bicicleta, agarrado à cintura do avô, e, tal como no sonho, os dois Rodolfos pedalaram a toda a velocidade até o alto da montanha. Assim que chegaram, o avô retirou uma pipa dourada de dentro do saco:

– Esta é a pipa especial para noites de pesca, vou fazer um truque que nunca mostrei!

Então, o avô agarrou uma linha mais comprida do que de costume e atou-a à pipa dourada, mas em vez de atar a outra ponta ao dedo do neto atou-a ao guidão da bicicleta.

– Agora só tem de pedalar!

E assim foi. Com o pijama ao vento, Rodolfo pedalou o mais rápido que conseguiu e a pipa dourada voou e subiu entre as estrelas até ser só uma pontinha de luz no céu escuro. Depois, o avô aproximou-se do seu rosto, levantou a mão e fez-lhe um cafuné:

– Sabe… acho que vou dar uma espreitada lá nas nuvens, vou ver se consigo semear umas coisas diferentes lá em cima. Gostaria de experimentar atirar uns torrõezinhos de açúcar sobre as nuvens brancas da tarde. Estou convencido de que consigo fazer crescer uma árvore de algodão-doce! Levo o frasquinho de arco-íris que você me deu… Penso que vai ser útil.

Depois baixou-se e olhou para os olhos grandes e redondos do neto e disse baixinho:

– Mas queria pedir-lhe um favor… Dê uma olhada no jardim por mim. E já sabe: guarde a lata da graxa que está ao lado do abacateiro… nunca se sabe quando é que um elefante decide vir fazer-nos uma visita!

O avô piscou o olho e sorriu, depois trepou pela corda da pipa acima até desaparecer por entre as nuvens.

Quando acordou de manhã, Rodolfo tinha o pijama transpirado da viagem noturna. Levantou-se e correu até a janela. Estava curioso para ver a surpresa que o avô tinha preparado… Como sempre, as mãos mágicas do avô tinham feito das "suas"… A cair do céu estavam centenas de cristais de gelo que brilhavam no ar, cintilantes.

Saiu à rua e sentiu os pedacinhos de cristal derretendo sobre a palma das suas mãos. Reluziam como se fossem feitos de diamantes verdadeiros e cobriam os telhados das casas e a grama dos canteiros com uma manta fina que parecia feita de papel de seda. Olhou para as nuvens e imaginou o avô lá em cima sentado, misturando as gotas das nuvens com pedacinhos de arco-íris e a semeá-los para formar a geada da manhã. E, quando anoiteceu, pensou que ele estaria deleitando-se entre as estrelas, atirando a linha da pipa dourada para o fundo do mar, pescando peixes verdadeiros, ouriços, estrelas-do-mar e outros tesouros perdidos no fundo do oceano, como um verdadeiro pescador.

Então, o Rodolfo-Neto sorriu para o céu estrelado. E, entre o manto escuro das nuvens da noite, viu o sorriso enorme e brilhante do Rodolfo-Avô.

© 2019, Ana Lázaro, Sebastião Peixoto e Porto Editora.
© 2023, Todos os direitos reservados.

GRUPO ESTRELA
PRESIDENTE Carlos Tilkian
DIRETOR DE MARKETING Aires Fernandes

EDITORA ESTRELA CULTURAL
PUBLISHER Beto Junqueyra
EDITORIAL Célia Hirsch
COORDENADORA EDITORIAL Ana Luíza Bassanetto
ILUSTRAÇÕES Sebastião Peixoto
DIAGRAMAÇÃO Estúdio Versalete
REVISÃO DE TEXTO Luiz Gustavo Micheletti Bazana

Dados Internacionais de Catalogação na Publicação (CIP)
(Câmara Brasileira do Livro, SP, Brasil)

Lázaro, Ana
  Os pescadores de nuvens / Ana Lázaro; ilustração Sebastião Peixoto. – 1. ed. – Itapira, SP : Estrela Cultural, 2023.

  ISBN 978-65-5958-065-1

  1. Aventuras – Literatura infantojuvenil 2. Avós e netos – Literatura infantojuvenil I. Peixoto, Sebastião. II. Título.

22-136623   CDD-028.5

Índices para catálogo sistemático:
1. Literatura infantil 028.5
2. Literatura infantojuvenil 028.5
ALINE GRAZIELE BENITEZ – BIBLIOTECÁRIA – CRB-1/3129

Proibida a reprodução total ou parcial, de nenhuma forma, por nenhum meio, sem a autorização expressa da editora.

1ª edição – Itapira, SP – 2023 – IMPRESSO NO BRASIL
Todos os direitos de edição reservados à Editora Estrela Cultural Ltda.

Cultural

Rua Roupen Tilkian, 375
Bairro Barão Ataliba Nogueira
13986-000 – Itapira – SP
CNPJ: 29.341.467/0001-87
estrelacultural.com.br
estrelacultural@estrela.com.br